THiLO

Seefahrergeschichten

Illustrationen von Heribert Schulmeyer

FSC

Mix
Produktgruppe aus vorbildlich
bewirtschafteten Wäldern und
anderen kontrollierten Herkünften

Zert.-Nr. IC-COC-100001
www.fsc.org
© 1996 Forest Stewardship Council

ISBN 978-3-7855-6180-5
1. Auflage 2008
© 2008 Loewe Verlag GmbH, Bindlach
Umschlagillustration: Heribert Schulmeyer
Reihenlogo: Angelika Stubner
Rätselfragen: Sandra Grimm
Printed in Germany (017)

www.loewe-verlag.de

Inhalt

Seemannsgarn

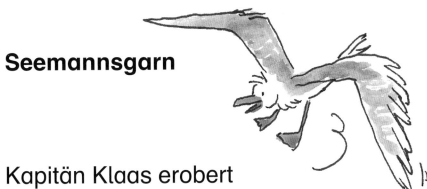

Kapitän Klaas erobert
mit seinem Schiff
die sieben Weltmeere.
Zu seiner Mannschaft
gehören nur die stärksten Kerle.
Bohnenstange sitzt im Ausguck.
Keiner kann ihn überragen.

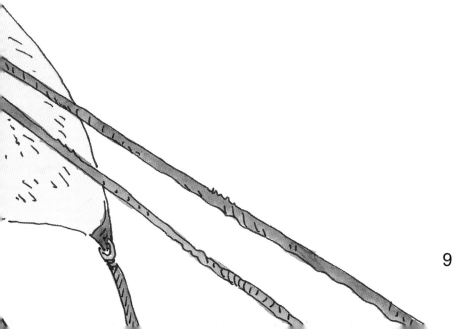

Mops ist der Smutje.

Dass er gut kocht,

sieht man ihm an.

Denn sein Bauch ist so dick

wie drei Fässer Rum.

Der blonde Svensson

ist der Steuermann.

Er hält immer

den richtigen Kurs.

Aber noch viel lieber

erzählt er Geschichten.

Auch heute sitzen alle Mann
in der Kajüte beisammen.
„Hier auf dem Schwarzen Ozean
war ich schon einmal!",
berichtet Svensson.
Langsam zieht er
an seiner Tabakspfeife.

„Damals hat ein Seeungeheuer
unser Schiff gerammt!"
Gebannt hören die Matrosen zu.
„Es wollte uns
mit Mann und Maus verschlingen!"
Kapitän Klaas lacht lauthals.
„Das ist doch
bloß Seemannsgarn, Leute!",
ruft er.
„Es gibt keine Ungeheuer!"

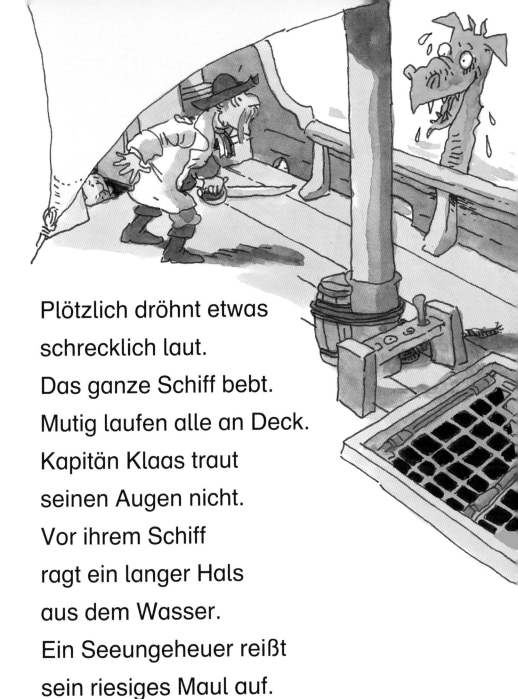

Plötzlich dröhnt etwas
schrecklich laut.
Das ganze Schiff bebt.
Mutig laufen alle an Deck.
Kapitän Klaas traut
seinen Augen nicht.
Vor ihrem Schiff
ragt ein langer Hals
aus dem Wasser.
Ein Seeungeheuer reißt
sein riesiges Maul auf.

„Es will uns alle

fre… fre… fressen!",

stottert Bohnenstange ängstlich.

Doch das Tier

schüttelt nur den Kopf.

„Unsinn!", schnauft es.

„Ich muss dringend

nach Loch Ness.

Meinen Vetter besuchen.

Kennt ihr vielleicht den Weg?"

14

„Na klar",
antwortet Kapitän Klaas.
„Das ist in Schottland.
Sieben Tage
geradeaus schwimmen.
Und dann rechts abbiegen!"
Das Ungeheuer
bedankt sich brav
und zieht weiter.

„Habe ich euch eigentlich
schon mal erzählt,
wie ich
dem fürchterlichen Riesenkraken
entkommen bin?",
fragt Svensson.
Aber von seinen Geschichten
haben die anderen
für heute wirklich genug.

Was bebt, als das Ungeheuer auftaucht? Ersetze die ersten drei Buchstaben durch ein „R". Was kann den Matrosen jetzt gefährlich werden?

Trage es auf Seite 60 bei Nummer 1 ein.

Der Schatz von Lars dem Roten

Matrose Schussel
läuft durch den Hafen.
Sein Kapitän hat ihm
einen wichtigen Auftrag gegeben:
„Kauf uns ein schönes Fass Rum!"
Endlich findet Schussel
eine finstere Spelunke.

An den Tischen
sitzen grimmige Piraten.
„I-i-ich brauche
ein F-f-fass Rum!",
stottert Schussel ängstlich.
Als seine Münzen
auf dem Tresen klimpern,
lacht der Wirt.
„Hier hast du dein Fass",
sagt er.

Fröhlich stiefelt Schussel
zum Schiff zurück.
Doch als der Kapitän
einen Schluck probieren will,
wird er sauer.
„Das Fass ist leicht
wie eine Feder, Schussel!",
schimpft er.
„Es ist leer!"

Bedröppelt schaut Schussel hinein.

„Nein!", jubelt er dann plötzlich.

„Nicht ganz leer!"

Schussel zieht

ein altes Pergament hervor.

Als er es ausrollt,

staunt auch der Kapitän:

Es ist eine Schatzkarte!

Finde den Schatz

von Lars dem Roten!,

steht darauf.

„Die Insel kenne ich!",
freut sich der Kapitän.
„Wir stechen sofort in See!"
Nach drei Tagen
kommen sie endlich
auf der Insel an.
Mit Schaufeln und Spitzhacken rudern
sie ans Ufer.

„Dreizehn Schritte nach rechts!",
kommandiert der Kapitän.
„Und dann zwölf geradeaus!"
Auf eine große Palme
ist ein rotes Kreuz gepinselt.
Schussel beginnt zu graben.
Endlich stößt er
auf etwas Hartes.
„Ich hab den Schatz gefunden!",
ruft Schussel begeistert.

Gespannt öffnet der Kapitän
den Deckel.
In der Kiste
steckt ein Fass Rum.
Guten Durst!,
steht auf dem Holz.
Und: *Liebe Grüße
von Lars dem Roten.*

*Wie viele Fässer Rum kommen
in der Geschichte vor? Und
wie viele Schritte gehen die
Matrosen? Zähle zusammen.
Welche Zahl erhältst du?*

*Trage sie auf Seite 60 bei
Nummer 2 ein.*

Piraten voraus!

Der König von Spanien ruft
seinen besten Kapitän zu sich.
Verwundert betritt Ernesto
das Schloss.
„Meine Schatzkammer
ist zu klein geworden",
erklärt Seine Majestät.
„Du musst alles Gold
in meine neue Burg
bringen!"

Zögernd nickt Ernesto.

Er ist besorgt.

Denn der Seeweg führt

an der Piratenbucht vorbei.

Aber seinem König

widerspricht man nicht.

Die ganze Nacht lang

beladen hundert Diener

das Schiff.

Beim ersten Sonnenstrahl
legt es endlich ab.
Schon bald nähert es sich
der gefährlichen Bucht.
Plötzlich taucht in der Ferne
ein Schiff auf.
Ernesto zuckt zusammen:
Es hat die schwarze Flagge
mit dem Totenkopf gehisst!

26

„Piraten!",
ruft er über das Deck.
„Alle Mann an die Kanonen!"
Doch der Steuermann
schüttelt verzweifelt den Kopf.
„Unsere Waffen mussten wir
im Hafen zurücklassen",
gesteht er kleinlaut.
„Sonst wäre unser Schiff
mit all dem Gold
zu schwer geworden."

Ernesto wird bleich.

Was soll er jetzt nur tun?

Fieberhaft denkt er nach.

„Schnell, Steuermann!",

ruft er plötzlich.

„Bring mir

das schwarze Tischtuch

und einen Eimer weiße Farbe!"

In Windeseile malt Ernesto
einen Totenkopf auf den Stoff.
Viel schauriger
als die echte Piratenfahne
sieht das aus.
Schnell klettert Ernesto
den Mast hoch
und hängt die Fahne auf.

Als die richtigen Seeräuber
den Totenkopf sehen,
heben sie die Arme.
Die ganze Piratenmannschaft
winkt Ernesto freundlich zu.
Ernesto schmunzelt.
Gute Ideen sind eben doch
die besten Waffen!

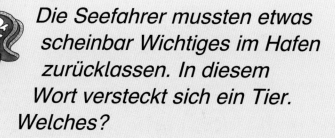

Die Seefahrer mussten etwas
scheinbar Wichtiges im Hafen
zurücklassen. In diesem
Wort versteckt sich ein Tier.
Welches?

Trage es auf Seite 60 bei
Nummer 3 ein.

Neues Land

Anna und ihr Bruder Tim
spielen Seefahrer.
Der umgedrehte Küchentisch
ist ihr stolzes Schiff.
An einem Besenstiel
hängt die Fahne.
Und der Topfdeckel
ist das Steuerrad.

Schnell springt Kater Maunz
mit an Bord.
Anna hält sich
ein leeres Marmeladenglas
vor die Augen.
„Weit und breit
kein Land in Sicht",
erklärt sie.
Maunz miaut kläglich.

„Sicher hat er Hunger",

vermutet Anna.

Auch ihr Magen knurrt.

Sie haben seit zwei Wochen

nur trockenes Brot gegessen.

„Hoffentlich finden wir

bald eine Insel!", sagt sie.

Die Wellen in der Küche

sind gefährlich hoch.

Aber Steuermann Tim

hält das Schiff auf Kurs.

Plötzlich jubelt Anna los:

„Halt aus, Maunz!

Da ist eine einsame Insel!"

Tim steuert ihr Schiff

auf den Küchenschrank zu.

Anna öffnet die Tür.

Auf der Insel

ist keine Menschenseele zu sehen.

„Wir haben neues Land entdeckt",
ruft sie.
Tim öffnet
die große Tür.
„Juhu! Hier gibt es
Schokolade und Apfelsaft",
verkündet er.

Gerecht teilen sie die Beute.

Wie echte Seefahrer eben.

Maunz bekommt

eine Dose Katzenfutter.

Als sich alle drei

gestärkt haben,

lichten sie wieder die Anker.

„Jetzt braucht unser Land
nur noch einen Namen",
sagt Anna und überlegt.
„Na, ist doch klar!",
ruft Tim fröhlich.
„Wir haben Annamerika entdeckt!"

*Wie heißt der Kater? Streiche
den ersten Buchstaben
und mische die anderen
Buchstaben neu. Welches Wort
kommt heraus?*

*Trage es auf Seite 60 bei
Nummer 4 ein.*

Hunger und Durst

Vierzig endlos lange Tage
rauscht der Sturm
nun schon über das Meer.
„Männer, unsere Vorratskammer
ist leer!",
seufzt Kapitän Hein.
Seine sechs Matrosen
sehen sich erschrocken an.

„Das ist alles,
was wir noch haben!",
sagt Hein und hält
einen winzigen Zwieback
in die Höhe.
Hein bricht ihn
in zwölf Stücke
und verteilt alles gerecht:
sechs Stücke für die Mannschaft
und sechs Stücke für ihn.

„Ich habe immer noch Hunger!",

jault der Koch.

Auch Kapitän Hein

sieht schon alles doppelt.

Schnell läuft er an Deck,

um frische Luft zu schnappen.

Da erklingt plötzlich

wunderschöne Musik.

Auf einem Felsen im Meer

sitzt eine Frau und singt.

40

Hein ist sofort verliebt.
Er klettert auf die Reling
und will ins Wasser springen.
Der Koch kann Hein
gerade noch festhalten.
„Der Hunger
macht dich verrückt!",
versucht er ihn zu beruhigen.
„Da ist doch nur
ein kahler Felsen!"

Doch Hein brüllt
und strampelt.
Alle sechs Matrosen
müssen ihn festhalten.
Langsam schaukelt das Schiff
an dem Felsen vorbei.
Hein hört noch immer
den Gesang der Meerjungfrau.
Plötzlich laufen sie auf Grund.

Der Sturm ist endlich vorbei.

„Land!", jubeln alle.

„Wir sind gerettet!"

Hals über Kopf

springen die Matrosen über Bord

und waten an Land.

Hier gibt es köstliche Früchte

und frisches Quellwasser.

Alle essen so viel,
bis sie fast platzen.
Nur Kapitän Hein kaut lustlos
auf einer Banane herum.
Heimlich träumt er noch immer
von seiner Meerjungfrau.

*Welches Wort beginnt hier
mit dem 17. Buchstaben des
Alphabets? Tausche das
„Wasser" gegen ein „e" und
das andere „e" gegen ein „a".
Welches Tier erhältst du?*

*Trage es auf Seite 60 bei
Nummer 5 ein.*

Fietes Trick

Zum ersten Mal darf Fiete

mit den Wikingern

aufs weite Meer hinausfahren.

Doch schon bald

kommt ihr Drachenschiff

vom Kurs ab.

Erik, der Anführer,
wälzt verzweifelt
seine Seekarten.
„Hier war noch nie
ein Mensch", sagt er.
„Das muss
das Ende der Welt sein!"
Seine Männer starren
ängstlich ins Wasser.

Auch Fiete schluckt.
Wird er seine Heimat
jemals wiedersehen?
Da hat er eine Idee.
Mutig geht er zu Erik.
„Ich wüsste, wie wir
wieder nach Hause kommen",
traut er sich zu sagen.
Die Männer lachen.

So ein kleiner Junge

will klüger sein

als ihr großer Anführer!

Doch Erik hört Fiete zu.

„Wir müssen

die Nacht abwarten",

schlägt Fiete vor.

Als die Sonne versunken ist,

blicken alle zum Himmel.

Ein Stern leuchtet heller

als alle anderen.

„Das ist der Polarstern",

sagt Fiete.

„Der steht hoch im Norden!"

„Alle Mann an die Ruder!",

kommandiert Erik.

Murrend legen

die Wikinger los.

Fiete muss ihnen

nicht helfen.

Er darf bei Erik bleiben.

Als der Morgen graut,

taucht vor ihnen Land auf.

Am Ufer stehen Häuser.

„Das ist ja unser Dorf!",

jubeln die Wikinger.

50

Erik nimmt seine Seekarten
und wirft sie ins Meer.
„Die brauchen wir
ab heute nicht mehr",
verkündet er fröhlich.
„Wir haben ja
einen neuen Steuermann:
Fiete Sternengucker!"

Suche einen Satz, der mit „A"
beginnt und mit „f" endet.
Wie lautet das dritte Wort in
diesem Satz?

Trage es auf Seite 60 bei
Nummer 6 ein.

Unfreiwillige Weltreise

Der alte Karl ist Dachdecker.

Aber er kann nicht mehr

auf hohe Dächer klettern.

Karl wird sein Geschäft

wohl aufgeben müssen.

Traurig und müde

wandert er zum Hafen.

Am Kai lehnt er sich
an ein paar Säcke
und sieht aufs Meer hinaus.
Die Schiffe gefallen ihm sehr.
Aber er würde sich nie trauen,
mit ihnen zu fahren.
Dann schläft Karl ein.
Als er wieder aufwacht,
schaukelt der Boden.

Verwirrt steht Karl auf

und stolpert eine Treppe hinauf.

Potz Blitz!

Er ist an Deck eines Schiffes!

„Nanu!", ruft der Kapitän.

„Wir haben ja

einen blinden Passagier!"

Karl schüttelt den Kopf.

„Aber nein!", erklärt er.

54

„Dein Kran muss mich
zusammen mit den Säcken
verladen haben!"
Der Kapitän krault seinen Bart.
Er betrachtet Karls Werkzeug.
„Einen Zimmermann
können wir immer gebrauchen!",
sagt er dann.

Da nimmt Karl seine Axt
und beginnt mit der Arbeit.
Viele Wochen dauert die Reise.
Eines Tages legen sie
an einer kleinen Insel an.
Sie wollen Holz laden.
Auf der Insel gibt es Affen,
die auf die höchsten Bäume
klettern können.
Karl staunt.

Während die anderen Matrosen

das Schiff beladen,

freundet sich Karl

schnell mit den Tieren an.

Fünf Affen nimmt er

mit an Bord.

Jeden Tag zeigt ihnen Karl,

wie man Axt und Hammer benutzt.

Seine neuen Freunde

sind sehr geschickt.

Als sie wieder
in Karls Heimat sind,
geht er mit ihnen von Bord.
Karl und seine Dachdeckeraffen
sind schon bald eine Sensation.
Jeder will sie sehen.
Und Karl muss
kein einziges Mal mehr
selbst auf ein Dach klettern.

Finde zweimal das Wort, in dem der drittletzte Buchstabe des Alphabets vorkommt. Gehe zur zweiten Stelle. Wie lautet das zweite Wort danach?

Trage es auf Seite 60 bei Nummer 7 ein.

Die ersten 20 Lebensjahre verbrachte **THiLO** in der Kinderecke der elterlichen Buchhandlung. Anschließend schaute er sich in Afrika, Asien und Mittelamerika um, bevor er mit Freunden als Kabarett-Trio „Die Motzbrocken" erfolgreich durch die Lande zog (Grazer Kleinkunstpreis/ Hessischer Satirepreis).

Heute lebt THiLO mit seiner Frau und vier Kindern in Mainz und schreibt neben seinen Romanen Geschichten und Drehbücher für u.a. Siebenstein, Sesamstraße, Schloss Einstein und Bibi Blocksberg.

Mehr über THiLO und seine Geschichten erfahrt ihr im Internet unter www.thilos-gute-seite.de.

Heribert Schulmeyer, geboren 1954, zeichnet seit seinem 12. Lebensjahr, nachdem ihm seine Zwillingsschwester verboten hatte, weiter mit Ritterburgen zu spielen. Nach Schule und Studium wurde er Comiczeichner und freier Künstler. Heute arbeitet er für verschiedene Verlage und für den WDR bei der „Sendung mit der Maus". Heribert Schulmeyer lebt und arbeitet in Köln.

Knacke das Rätsel!

Wenn du alle Geschichten gelesen und die kniffligen Fragen beantwortet hast, trage die Lösungen hier ins Kreuzworträtsel ein.
Schreibe dann die farbig markierten Buchstaben in die Kästchen mit den Zahlen.
Das Lösungswort verrät dir, was jeder Seefahrer unbedingt braucht. Was ist es?

Das Lösungswort heißt:

1	2	3	4	5	6	7	8

Die Lesepiraten bieten viele kurze Geschichten zu einem beliebten Kinderthema. Die klare Textgliederung in Sinnzeilen garantiert ein müheloses Erfassen des Inhalts und ermöglicht auf diese Weise auch weniger geübten Lesern ein schnelles Erfolgserlebnis. Zahlreiche Illustrationen schaffen ausreichend Lesepausen und lassen die Geschichten lebendig werden.